LIBELLE
3

Leselpiraten

Katja Reider

Einsatz für Libelle 3

Illustriert von Irmgard Paule

LESELÖWEN
Das Original

www.leseloewen.de

FSC
www.fsc.org
MIX
Papier aus verantwortungsvollen Quellen
FSC® C023419

ISBN 978-3-7855-7698-4
1. Auflage 2014

Umschlagillustration: Irmgard Paule
Reihenlogo: nach einem Entwurf
von Angelika Stubner
Printed in Italy

www.loewe-verlag.de

Inhalt

LIBELLE
3

Der Traum vom Fliegen

Eddie wusste schon immer,
was er mal werden will:
Hubschrauber-Pilot!
Zum Glück hat Eddie
Augen wie ein Adler
und ist rundum fit.
Piloten müssen mit Technik
umgehen können
und gut Englisch sprechen.
Vor allem aber
brauchen sie starke Nerven,
wenn es stressig ist.
Noch weiß Eddie nicht,
wie stressig es heute wird …

Er sitzt in der Zentrale
und beißt in sein Käsebrot.
Da meldet sich die Leitstelle:
„Einsatz für *Libelle 3*:
Ihr müsst nach Büddensee!
Dort ist ein Mann
mit dem Rennrad verunglückt.
Schwere Kopfverletzung und
Verdacht auf Beinbruch.
Er muss sofort ins Krankenhaus."
„Verstanden!"

Eddie springt bereits auf.
Rettungsassistent Kai
stellt seinen Kaffee weg.
Notärztin Jana steht schon
in der Tür.
Jetzt muss es schnell gehen.
Nur zwei Minuten
dürfen vergehen,
bis die drei Retter
im Hubschrauber sitzen.
Das ist Vorschrift!

Geschafft!

Alle sind an Bord.

Eddie startet den Hubschrauber.

Die Propeller drehen sich
schneller und schneller.

Und schon hebt *Libelle 3* ab,
Richtung Büddensee.

Ein Krankenhaus gibt es nicht
auf der kleinen Insel.

Im Notfall
wird *Libelle 3* gerufen.

So wie heute.

Eddie klärt über Funk,
in welches Krankenhaus
es anschließend geht.
„Ins Marienhospital“,
meldet die Leitstelle.
Notärztin Jana nickt zufrieden.

Schon nach wenigen Minuten
erreicht *Libelle 3* die Insel.
„Ich geh jetzt runter!“,
meldet Eddie den Kollegen.
Zum Glück ist die Sicht gut
und der Wind ist schwach.
Jana und Kai machen sich bereit.
Kaum setzt der Hubschrauber auf,
springen die beiden heraus.

Eddie bleibt im Cockpit.
So kann er rasch wieder starten.
Da ist auch die Trage
mit dem Patienten!
Blitzschnell wird er
in den Hubschrauber geschoben.
Die Krankenschwester der Insel
gibt Notärztin Jana
die wichtigsten Informationen.

Dann steigt *Libelle 3*

erneut auf.

„Das ging aber schnell!“,

keucht der Patient.

Eddie dreht sich zu ihm um.

„Und noch schneller

bringen wir Sie in die Klinik!“,

verspricht er.

„Danke!“, flüstert der Mann.

Jana gibt ihm eine Spritze

gegen die Schmerzen.

Und Eddie hält sein Versprechen.
Nur wenige Minuten später
landet die *Libelle 3*
vor der Klinik.
Wieder mal geschafft ...!

Eddies größter Fan

Das war heute der letzte Einsatz.
Eddie und sein Team kommen wieder
in die Zentrale zurück.
„Trinken wir noch einen Kaffee?“,
fragt Notärztin Jana.
Eddie schüttelt den Kopf.
„Tut mir leid,
ich bin verabredet“,
meint Eddie.
„Meine Freunde warten sicher schon.“
Tatsächlich steht
zu Hause am Gartentor
bereits Eddies kleiner Nachbar Pit
mit seinem Hund Alfi.

Ohne Alfi geht bei Pit
gar nichts.
Am liebsten würde er
den kleinen Terrier
sogar mit zur Schule nehmen.

Pit ist Eddies größter Fan!
Er will später auch Pilot werden.
Und einen Hubschrauber steuern,
genau wie Eddie!

Bis dahin übt Pit
mit seinem Spielzeug-Helikopter,
der *Libelle 4*.
Die fliegt auch.
Allerdings mit Fernsteuerung!
Oft spielt Pit nach,
was Eddie erlebt hat.

„Na, was war heute los?“,
fragt Pit gespannt,
während sie zusammen
die *Libelle 4* steuern.
Also erzählt Eddie von dem Mann,
der beim Fensterputzen
aus dem Fenster gestürzt ist.
Und von dem schweren Radunfall.
Pit lauscht atemlos.

Dann drängt er:
„Und jetzt erzähl noch mal
von der Seilbahn, ja?“
Eddie lacht.
„Das habe ich doch schon so oft!“
„Trotzdem“, bettelt Pit.

Lange Zeit hat Eddie
einen Rettungshubschrauber
der Bergwacht gesteuert.
Mitten in den Alpen!
Er flog verletzte Bergsteiger
ins Krankenhaus.
Oder er brachte Skifahrer
vor Lawinen in Sicherheit.

Einmal half Eddie dabei,
eine Familie aus der Gondel
einer Seilbahn zu befreien.
Hinterher zitterten Eddie die Knie.
Danach hatte er erst einmal
genug von den Bergen.
Er zog in den Norden,
an die Küste.
Und hier wohnt er jetzt
neben Pit und seinen Eltern.

„Willst du immer noch
Pilot werden?“,
fragt Eddie.
„Klar!“ Pit nickt.
Plötzlich fällt ihm etwas ein:
„Du, darf Alfi
da eigentlich mitfliegen?“
Eddie schüttelt den Kopf.

„Hunde würden im Hubschrauber
nur ablenken!“
„Ach so ... hmm“, sagt Pit.
Er streichelt seinen Liebling.
„Dann überleg ich es mir
vielleicht doch noch mal ...“

Was ist bloß mit Pit los?

In den nächsten Tagen
hat Eddie wenig Zeit
für Pit und Alfi.
Die Ferien haben begonnen.
Auf den Straßen
häufen sich die Unfälle.
Libelle 3 ist pausenlos
im Einsatz.
Gerade geht ein Notruf
von der Autobahn ein.
Ein Unfall? – Nein!
„Wespenstich in den Hals,
bei einer Sechsjährigen!“,
meldet die Leitstelle.

„Beginnende Atemnot!
Die Familie steht im Stau!
Der Rettungswagen
kommt nicht durch!
Beeilt euch!“
Eddie fliegt eine Kurve.
„Wahrscheinlich hat die Kleine
Limo aus der Dose getrunken!“,
sagt Notärztin Jana.
„Und da war eine Wespe drin.
Das passiert immer wieder.“

„Dort unten ist es!“,
meldet Eddie.
„Ein sehr kleiner Landeplatz!“
Jana zieht bereits eine Spritze auf.
„Wenn da jemand landen kann,
dann du, Eddie!“,
sagt sie aufmunternd.
Tatsächlich geht alles gut.

Und schon wenig später
zeigt Janas Spritze Wirkung:
Die kleine Marei
kriegt wieder genug Luft!
Ihre Eltern hören gar nicht auf,
den Rettern zu danken.
So erleichtert sind sie!

Eddie bekommt sogar
einen Kuss von Mareis Mama.
Für die tolle Landung.

Na, so was!
Eddie schmunzelt.
Das muss er nachher
beim Grillen mit Pits Eltern
gleich Pit erzählen.
Eddie beeilt sich,
nach Hause zu kommen.
Aber – nanu! –
wo steckt denn Pit?

Da kommen Pits Eltern.
Sie sehen besorgt aus.
„Du, wir suchen Pit schon
seit einer Stunde!“,
berichtet Pits Papa Eddie.
„Alfi ist auch weg“,
ergänzt Pits Mutter.
„Ich verstehe das nicht.
Pit sagt sonst immer Bescheid,
wenn er weggeht ...“
Pits Mama ist ganz blass vor Sorge.

Auch sein Papa ist beunruhigt.
Eddie hilft seinen Freunden,
die Umgebung abzusuchen.
Aber keine Spur von Pit!
Und auch nicht von Alfi!
Merkwürdig ...
„War Pit in den letzten Tagen
anders als sonst?“,
fragt Eddie schließlich.
„Habt ihr euch gestritten?“
Pits Papa schüttelt den Kopf.

„Nein, das nicht.
Aber seit gestern wirkte er
irgendwie bedrückt, oder?“
„Stimmt!“ Pits Mama nickt.
„Aber warum nur?
Ich rufe jetzt Daniel an.
Er ist Pits bester Freund.
Vielleicht weiß er etwas.“

Alarm für Libelle 3

Zuerst druckst Daniel
etwas herum.
Aber dann platzt er heraus:
„Klar ist Pit traurig!
Er hat zufällig mitgehört,
dass ihr ihm
Alfi wegnehmen wollt!“
„Was? Wieso?“,
fragt Pits Mama verwirrt.
Da stürmt Pits Papa herein.
„Ich war gerade im Keller.
Das Gummiboot
und die Pumpe sind weg!“,
ruft er aufgeregt.

„Ich fürchte,
Pit ist mit Alfi
aufs Meer hinausgerudert!“
„Oh nein!“, flüstert Pits Mama.
„Das Boot hat ein kleines Loch!
Das weiß Pit nicht!“
Eddie ist schon an der Tür.
„Ich finde die beiden,
versprochen!“

„Ich komme mit!“,
ruft Pits Vater.
Aber Eddie schüttelt den Kopf.
„Das geht nicht, Sven!
Ich brauche jeden Platz
im Hubschrauber!“

Eddie braust los.
Von unterwegs aus
informiert er die Leitstelle.
Und die benachrichtigt
die Küstenwache.
Als Eddie eintrifft,
ist *Libelle 3* einsatzbereit.
Jana, Kai und Bernd sind da.

Kai kann die Winde
des Hubschraubers bedienen.
Und Bernd ist zusätzlich als
Rettungsschwimmer ausgebildet.
„Es gibt eine Sturmwarnung!“,
berichtet er.
„Die Boote der Küstenwache
bekommen es schon zu spüren.“
Auch das noch!

Minuten später geht *Libelle 3*
in die Luft.
„Hast du eine Vermutung,
wo der Junge hinwill?“,
erkundigt sich Jana.
Eddie nickt.
Vor einiger Zeit hat er Pit
von einer kleinen Insel erzählt,
auf der nur Vögel brüten.
Vielleicht will sich Pit
dort mit Alfi verstecken!

Rettung im letzten Moment

„Da ist die Insel!“
Eddi zeigt nach vorn.
Er fliegt eine Schleife.
Keine Spur von Pit!
„Wahrscheinlich wurde das Boot
durch den schlimmen Sturm
abgetrieben.
Und die Sicht
wird auch immer schlechter.“
„Mist!“, schimpft Eddie.
„Wir finden ihn schon!“,
tröstet Jana.
„Ich sehe was!“,
ruft Bernd plötzlich.

„Schaut mal, dahinten!“
Tatsächlich!
Da ist das Gummiboot
mit Pit und Alfi!
Pit winkt wie verrückt.
Kein Zweifel,
das Boot ist kurz vorm Kentern!
Es ist keine Zeit zu verlieren!
Eddie steuert die *Libelle 3* so,
dass sie über dem Boot
in der Luft schwebt.

Gar nicht so leicht bei dem Sturm!
Bernd steht bereits auf den Kufen
und wartet auf seinen Einsatz.
Er trägt eine feste Schlinge,
die mit der Winde verbunden ist.
Gleich wird Kai
ihn daran herunterlassen.
Als der Hubschrauber
die ideale Position hat,
gibt Kai Eddie ein Zeichen.

„Okay, bleib so!“
Eddie nickt.
„Ich versuch mein Bestes!“
Am Seil schwebt Bernd
tiefer und tiefer.
Oben im Cockpit kämpft Eddie
gegen den Sturm,
um die Position zu halten.

Immer wieder blickt er besorgt
hinunter zu Pit und Alfi.
Eigentlich hat Eddie
Nerven wie Drahtseile.
Aber in diesem Fall ...
„Hoffentlich geht alles gut!“,
denkt er.

In Sicherheit

Jetzt hat Bernd das Boot erreicht.
Oje, es ist schon voll Wasser!
Und es wird immer mehr!
Pit klammert sich
mit einer Hand
am Rand des Bootes fest.
Mit der anderen hält er
den jaulenden Alfi.
Beide zittern vor Angst.
Bernd streckt die Arme aus.
„Komm, ich bring dich hoch!"
Pit zögert.
„Und was ist mit Alfi?",
fragt er verzweifelt.

„Den hole ich danach“,
verspricht Bernd.
„Komm! Schnell!“
Pit zittert vor Kälte.
Er schüttelt den Kopf.
„N…n…nicht o…ohne A…alfi!“,
ruft er dann.
Bernd schnaubt.
Aber dann nickt er.

Also gut.

Er darf keine Zeit verlieren!

Das Boot mit Pit und Alfi

kann jeden Moment umkippen.

Und das bei dem Wellengang ...

Gar nicht dran denken!

Bernd hilft Pit in die Schlinge

und zieht sie fest.

Den zitternden Alfi

nimmt er unter den Arm.

Fertig!

Bernd gibt Kai das Zeichen
zum Aufseilen.
Dann schweben die drei
durch die Luft nach oben.
Das Seil schwankt hin und her.
„Nicht runterschauen!“, ruft Bernd.
Pit nickt stumm.
Alfi krabbelt fast in Bernds Jacke.
Das Knattern des Hubschraubers
macht ihm Angst.

Jetzt haben sie

die *Libelle 3* erreicht.

Kai nimmt sie in Empfang

und zieht die drei nach innen.

Geschafft!

Eddie fällt ein riesengroßer Stein

vom Herzen.

Rasch benachrichtigt er

über Funk die Zentrale.

Schließlich sollen auch

Pits Eltern aufatmen können.

Die Notärztin hat Pit
eine Wärmedecke umgelegt.
Sie prüft seinen
Herzschlag und die Temperatur.
Alles in Ordnung!
„Du hast großes Glück gehabt,
weißt du das?“, fragt die Ärztin.
Pit nickt kleinlaut
und presst sein Gesicht
in Alfis Fell.

Alles wieder gut

Viel, viel später sitzt Eddie
neben Pits Eltern
an Pits Bett.
„Wie geht es Alfi?“,
fragt Pit besorgt.
„Er schläft“,
beruhigt Mama Pit lächelnd.
„Morgen ist er wieder fit!“
Pit atmet auf.
„Jetzt sag endlich,
warum du das gemacht hast“,
verlangt Pits Papa.
„Ihr wärt beinahe ertrunken,
du und Alfi!“

„Ich weiß", sagt Pit kleinlaut.
„Wolltet ihr zu der Vogel-Insel?",
fragt Eddie.
Pit nickt stumm.
„Aber warum denn nur?",
sagt sein Papa.
„Das fragst du noch?!",
platzt Pit heraus.

„Ihr wollt doch umziehen!
In eine Wohnung,
in der Hunde verboten sind!
Ich hab genau gehört,
wie ihr darüber gesprochen habt!“
Eddie schaut seine Freunde
überrascht an.
„Stimmt das?
Ihr wollt umziehen?“
„Unsinn!“, ruft Pits Mama.
Sie fasst sich an die Stirn.

„Ah, jetzt verstehe ich,
wie du darauf kommst:
Du hast gehört,
wie Papa und ich
über Larsens gesprochen haben.
DIE wollen umziehen!
Aber in der Wohnung wäre
kein Hund erlaubt und –
Ach, ist ja auch egal ...“
Sie nimmt Pit in den Arm.

„Glaubst du wirklich,
wir würden dir Alfi wegnehmen?
Wegen einer Wohnung?“
„Nie im Leben!“,
bekräftigt Pits Papa.
„Außerdem wäre Eddie ja dann
nicht mehr unser Nachbar.
Das geht sowieso nicht!“
„Das will ich meinen!“
Eddie grinst.

Und da kann auch Pit
schon wieder lächeln ...

Als Eddie ein paar Tage später
nach Hause kommt,
spielt Pit mit *Libelle 4*.
„Na, alles im Lot?“,
erkundigt sich Eddie.
Pit nickt eifrig.

Dann bricht es aus ihm heraus:
„Ich wollte noch Danke sagen!
Also dir und deinen Kollegen.
Weil ihr uns rausgefischt habt!“
Eddie schmunzelt.
„Das kannst du den Kollegen
eigentlich selber sagen.
Vielleicht bei einem Rundflug ...“

„RUNDFLUG?!“
Pits Augen werden
groß wie Teetassen.
Eddie nickt lächelnd.
„Natürlich mit Mama und Papa!
Hättest du Lust?“
Was für eine Frage ...!
Na klar!

Katja Reider war Pressesprecherin des Wettbewerbs Jugend forscht, bevor sie zu schreiben begann. Inzwischen hat sie mehr als hundert Kinder- und Jugendbücher veröffentlicht, die in viele Sprachen übersetzt wurden. Weitere Infos unter www.KatjaReider.de.

Irmgard Paule studierte an der Fachhochschule für Gestaltung in München. Danach arbeitete sie als freischaffende Grafikerin in der Werbung. Seit 1997 illustriert sie Kinderbücher für verschiedene Verlage.

Lesepiraten

ISBN 978-3-7855-7729-5

ISBN 978-3-7855-7727-1

ISBN 978-3-7855-7351-8

ISBN 978-3-7855-7840-7

ISBN 978-3-7855-7664-9

ISBN 978-3-7855-7215-3

Die Reihe *Lesepiraten* bietet viele tolle Geschichten für Erstleser ab 7 Jahren. Die klare Textgliederung in Sinnzeilen garantiert ein müheloses Erfassen des Inhalts und ermöglicht so auch weniger geübten Lesern ein schnelles Erfolgserlebnis. Zahlreiche farbige Illustrationen sorgen darüber hinaus für ausreichend Lesepausen. Also, Schiff ahoi mit den *Lesepiraten* – das Meer der Geschichten wartet!

LESELÖWEN
Das Original